I0624314

Máximo Gómez

El sueño del Guerrero

Barcelona 2024
Linkgua-ediciones.com

Créditos

Título original: El sueño del guerrero.

© 2024, Red ediciones S.L.

e-mail: info@Linkgua-ediciones.com

Diseño de cubierta: Michel Mallard

ISBN rústica: 978-84-9816-681-1.
ISBN ebook: 978-84-9953-121-2.

Cualquier forma de reproducción, distribución, comunicación pública o transformación de esta obra solo puede ser realizada con la autorización de sus titulares, salvo excepción prevista por la ley. Diríjase a CEDRO (Centro Español de Derechos Reprográficos, www.cedro.org) si necesita fotocopiar, escanear o hacer copias digitales de algún fragmento de esta obra.

Sumario

Brevísima presentación

La vida

Máximo Gómez Báez (Baní, 18 de noviembre de 1836-La Habana, Cuba, 17 de junio de 1905). República Dominicana.

Nació en Baní, provincia de Peravia y muy joven combatió las invasiones haitianas de Faustine Soulouque y a las tropas anexionistas en la Guerra de Restauración Dominicana (1861-1865).

Más tarde Gómez fue a Cuba como oficial de caballería del ejército español. Pero la esclavitud de los negros y los desmanes de los funcionarios coloniales contra los criollos provocaron cambios profundos en sus opiniones políticas. Durante el alzamiento independentista del 10 de octubre de 1868, Gómez se unió a sus fuerzas con el grado de sargento. El 4 de noviembre, sus tropas dieron la primera carga al machete de la Guerra de los Diez Años. El uso del machete como arma de guerra, su particular esgrima y más tarde la carga de caballería con el machete, fueron los primeros legados tácticos de Gómez a la guerra de independencia cubana.

Durante los primeros meses de la llamada Guerra Grande, Gómez se desempeñó en el departamento de Oriente, en el que pronto alcanzó el grado de mayor general.

Tras sus victorias en Camagüey, que los independentistas controlaban, a excepción de las ciudades de Puerto Príncipe, Florida y Nuevitas, Gómez fue enviado a organizar las anárquicas tropas de Las Villas, más al Oeste, para invadir el occidente de la isla, donde estaba la capital del país, y la base económica del régimen colonial: los ingenios azucareros más productivos, el tabaco y los frutales. Sin embargo, la indisciplina reinante entre las fuerzas insurrectas de las

Villas abortó la invasión, y Gómez regresó a Camagüey.

Tras el breve gobierno del presidente de la República de Cuba en Armas, Juan Bautista Spottorno, Gómez aplicó con toda severidad el decreto que llevaba su apellido (decreto Spottorno), de aplicar la pena de muerte a todo militar cubano que hiciese proposiciones de paz que excluyesen la independencia de Cuba. Cuando a finales de 1877 comenzó la astuta campaña pacificadora del general español Arsenio Martínez Campos, Gómez no aceptó la paz, pero sí una tregua que permitiera a los mambises una reorganización de las tropas algo desanimadas, la estructura del gobierno y la pirámide de mandos, en particular de las relaciones entre el gobierno «civil» y los mandos militares. Al ser derogado por la Cámara de Representantes el decreto Spottorno, un grupo no despreciable de oficiales intermedios del Ejército Libertador comenzó a presentarse a las autoridades españolas, acogiéndose al Bando emitido por Martínez Campos de «amnistía y reconciliación». Muchos de ellos, algunos incluso sobornados por los españoles, quisieron depositar en Gómez la iniciativa de tales actos, tergiversando de esa forma su verdadera actitud.

No obstante, tras la captura por los españoles del entonces presidente cubano Tomás Estrada Palma y la laxa actitud del gobierno ante las indisciplinas de Vicente García y otros oficiales cubanos sediciosos o «pacificadores», Gómez aceptó parlamentar con el general y capitán ceneral de Cuba, Martínez Campos, quien le trató con respeto y caballerosidad (incluso trató de dar a sus ofrecimientos un carácter legal para acallar el orgullo de Gómez).

Tras sus conversaciones con Martínez Campos, Gómez vivió en Jamaica en la más absoluta miseria, junto a su esposa Bernarda Toro (Manana) y sus hijos. En esa época perdió a uno de ellos y recibió ayuda financiera de algunos amigos mientras comenzaba a trabajar la tierra (una pequeña vega de tabaco) con sus propias manos. Más tarde, Gómez se desplazó a Costa Rica, donde restableció el contacto con Maceo y luego entraría en contacto con José Martí.

En abril de 1895 (el 24 de febrero se había producido el alzamiento), llegaron Gómez y Martí a Cuba. A finales de ese mismo año comenzaría la Invasión a Occidente, una gesta militar librada por Gómez y Maceo desde Mangos de Baraguá hasta Mantua, adonde llegó Maceo hacia octubre de 1896. La Invasión a Occidente fue llevada por una larga columna, que los mandos, de extrema flexibilidad y excelente coordinación, fragmentaban para la guerra de guerrillas o para el combate a campo abierto, según las necesidades del momento. La columna era liderada por Maceo como su lugarteniente y por Quintín Bandera como general de división de la infantería mambisa.

En los límites de las provincias de Las Villas y Matanzas, Gómez llevó a cabo el célebre «Lazo de la invasión», en el que retrocedió unos kilómetros ante fuertes columnas españolas, ante cuya vista destruyó las líneas férreas hacia el Oriente, para luego hacer un avance envolvente hacia Occidente, volviendo a cortar todas las comunicaciones españolas, esta vez por el Oeste. Dejaba así a un gran contingente de tropas que fueron hostigadas y diezmadas por guerrillas que eran muy inferiores en número, pero conocían el terreno y exterminaron a gran parte de los soldados españoles.

En La Habana, además de recibir su segunda y última herida de bala, incidente trivial para él, llevó a cabo una estrategia de movimientos simple pero eficaz para eludir el combate abierto. Se movía en cuadriláteros de dos o tres kilómetros de lado, dejando atónitos a los expertos generales españoles, veteranos de guerras en Europa y África. Refugiándose por pocas horas en los cayos de monte habaneros, atacaba luego a las fuertes columnas españolas por la retaguardia, en cargas breves pero feroces.

Durante la intervención norteamericana en la guerra, Gómez estaba en el centro del país, en su tarea de diezmar las exhaustas tropas españolas y listo para avanzar por segunda vez hacia La Habana. Por entonces reaccionó con rabia ante la prohibición de entrar a Santiago de Cuba a las tropas cubanas, emitida por el general estadounidense Shafter.

Por su condición de extranjero Gómez rechazó postularse como candidato a la presidencia en las elecciones de 1902, en las que se presentaba Tomás Estrada Palma como candidato de los ocupantes norteamericanos. Sin embargo, apoyó la candidatura de Bartolomé Masó. Tras el fracaso de Masó, Gómez retiró a una villa en las afueras de la ciudad.

Máximo Gómez Báez murió el 17 de junio de 1905, en su villa habanera, a los sesenta y nueve años de edad.

El relato

El sueño del guerrero es un relato sobre los avatares de la guerra de independencia cubana, escrito por Máximo Gómez, uno de sus principales protagonistas.

La obra literaria de Máximo Gómez permanece desconocida para la mayoría, pues ha sido su faceta militar la más divulgada. Su trayectoria literaria, desigual y dilatada, fruto del trabajo de varias décadas y ardiente vocación. Escribió un *Diario de campaña*, varios centenares de cartas, proclamas, discursos, artículos, relatos y el esbozo de varias piezas teatrales.

El sueño del guerrero

Desaparecía el Sol; apenas doraba con sus últimos rayos las cimas de las altas montañas del Jatibonico, el alborotoso pájaro negro, escondiéndose en el ramaje de las altísimas palmas y de los corpulentos árboles, puso término a su atormentadora algarabía de todo el día.

El toque de desensillar las caballerías indica la hora de la muerte del día. Los oficiales se reparten, y ordenan el servicio nocturno. El General recibe los partes oficiales de los destacamentos avanzados, y esta parte del mundo queda envuelta en la negra sombra de una noche sin Luna y de primavera; bajo un cielo sin luz, surcado de negros nubarrones del mes de junio, seguro indicio de próxima tormenta.

Todos nos preparamos al descanso colgando nuestras armas y diciéndose cada cual «hoy es un día menos, y un triunfo más».

La hora que media entre la muerte del día y la entrada de la noche, es solemne para los espíritus superiores; en todas partes siempre rodeada de cierto tinte de augusta melancolía, del cual se aperciben —sin contemplarlo— hasta los espíritus superficiales, así se encuentren en donde la luz eléctrica sustituya inmediatamente la del Astro Rey, y el humano y eterno ruido no deja lugar a las místicas contemplaciones frente a la naturaleza que se echa a dormir.

¡Cuánto sentimos, los que tendemos bajo estos grandes árboles nuestras tiendas, el peso abrumador de estas horas solitarias, alejados del trato humano, separados de la familia, del bogar abandonado, y solamente asediados por los recuerdos!

Al fin el Corneta de Órdenes tocó silencio; los demás lo repitieron y apenas se extinguió el eco prolongado de esta consigna, cuando quedó todo el campamento sumergido en el más profundo silencio y oscuridad. Y yo me tendí cuan largo soy, en mi hamaca de campaña.

Pasado un momento, un hombre, un anciano de aspecto venerable, con blando paso que apenas se siente, se acerca a mi tienda, y, como quien no desea ser oído de otro, pide permiso para hablarme, entra y se sienta. Quedéme un tanto sorprendido al apercibirme de aquel extraño desconocido que así se atrevía a faltar a esas horas a la consigna; pero al fin accedí a su súplica, y le permití que hablase, lo que hizo de la manera siguiente:

—Mi nombre poco te importa saberlo; y la mansión de donde vengo tampoco es del caso que lo sepas; es inútil que me lo preguntes, pues no te lo diría; lo que quiero que sepas, y es lo que importa, es mi historia:

—Nací pobre, mi alumbramiento costó la vida a mi madre; apenas fui amparado por la fortuna, pronto el destino me dejó huérfano, y quedé solo vagando entre los hombres como el fragmento, en el espacio, de un planeta muerto. Para mi mayor tortura, puso Dios una idea en mi mente que, a medida que el tiempo pasaba y los años maduraban mis juicios, quemaba mi cerebro como lava ardiente, comprimida en el fondo de apagado volcán, y me devoraba el corazón, como el apasionado de una belleza ideal que huyese al contacto de su ardiente mirada.

—¡Ah!, cuánto he sufrido antes, y cuánto he padecido después... Cuántas veces he maldecido mi existencia, pesándome hasta haber nacido...

Al mismo tiempo que aquel anciano proseguía en su narración, su semblante lo iluminaba una aureola casi divina y mi espíritu se sentía sobrecogido por una especie de religioso temor. Después de una breve pausa, continuó, y yo escuchaba asombrado.

—Sometido a varias torturas y contrariedades, víctima de infamias, y desprecios, por entre peligros y escollos, solo, pedido y desamparado, sin más amparo que Dios, pude al fin realizar mi empresa, y arranqué al mundo —para el mundo mismo— un portentoso secreto. Entonces el universo entero me saludó entusiasmado, y me apellidó El Glorioso. Las naciones todas me rindieron adoración y respeto, y reyes hubo que se sintieron humillados y empequeñecidos ante la majestad y grandeza de mi gloria. Los más pequeños me creyeron un dios y besaban de rodillas mis vestiduras.

—Rodeado de tanto agasajo y ovaciones humanas, colocado de pie encima de pedestal tan alto como el Sol; alumbrando los rayos de mi gloria dos mundos a la vez, no sintió mi corazón

—por fortuna mía— el tormento de la vanidad y la soberbia; antes por el contrario, yo sentía en mi alma un secreto dolor que me consumía sin podérmelo explicar. Sobre mi corazón y mi conciencia pesaba un insoportable remordimiento que en vano trataba de averiguar la causa que lo había puesto allí. Era la tortura del criminal a solas temblando ante la presencia de su interno y se vero juez.

—Inútilmente interrogaba mi pasado, y me fijaba a escudriñar mi presente; ningún acto mío acusaba mi alma de maldad. La blanca túnica de mi inocencia no estaba manchada con ningún crimen mundanal; yo no había hecho más que obras de bien, yo no había amado nunca sobre la tierra más que a dos deidades; la ciencia y la virtud, que eso es amar a Dios. Yo no había hecho, en fin, derramar una lágrima, sino más bien provocar sonrisas y alegrías. ¿Por qué, pues, tan tremendo castigo de la inquietud tan acerba y constante que acosaba mi espíritu y que no me dejaba gozar de las delicias que proporcionan la gloria y la fama?

—Loco me fui adonde el cóndor hace su nido y desde allí —en la soledad del desierto— llamé a los espíritus para que dijeran la causa de mi secreta angustia; y ni el desierto ni los espíritus me contestaron; tan solo el silencio y el vacío me circundaban. No pudiendo resistir más mi existencia pesada como un fardo, en un impulso irresistible de desesperación, quise arrojarme al torrente y una mano invisible me separó del peligro.

—Crucé entonces el océano y suplicante interrogué al mar y a la tempestad, y el trueno ahogó mi voz. Desesperado me precipité a los abismos para concluir con el dolor de mi existencia, desapareciendo en sus insondables misterios; pero una mano invisible me salvó medio muerto y me arrojó —como el despojo de un naufragio— sobre la arena de la playa. Incorporado apenas, sentí de nuevo en mi pecho el diente que me mordía y me devoraba... ¿por qué, ¡oh, cielos!, tan cruel tortura? Decídmelo... ¿Cuál ha sido mi gran culpa?

—Los cielos guardaron silencio. No contento el destino con el suplicio a que eternamente me había condenado, preparó la envidia y la calumnia que armadas me asaltaron el camino, y los hombres se hicieron mis enemigos y me vejaron y me despreciaron. Largo tiempo —como un mendigo— vagué entre ellos cual un desconocido y apestado. Y cuando creí curarme de mis dolores, porque se cumplió el plazo y abandoné la envoltura que aquí me retenía, me elevé a la mansión en donde termina el misterio de la vida. Yo aparecí entonces manchado en sangre.

—¿Y tú quién eres, asesino? —exclamé indignado, sin poderme contener y borrándose de improviso en mi ánimo la impresión de compasión y de ternura que aquel ente singular y desconocido me había inspirado, con la narración de sus desdichas.

—Aguarda —me dijo con calma y gravedad aterradoras—, aún no he terminado, no me juzgues sin haber antes acabado de oírme. En vez de condenarme, con tu alma grande me tendrás lástima.

—Demasiado desgraciado he sido —dijo, y continuó—: si en la tierra fui un paria desheredado, sin asilo, y sin fortuna, en la mansión de los justos me está prohibido entrar sin el perdón de dos razas; porque ha caído sobre mí —como lava ardiente de encendido volcán— la sangre toda de una raza inocente extinguida, y desde aquella terrible hecatombe quedó marcado sobre mi nombre y mi conciencia, como un hierro candente, el crimen de haberla descubierto y el de haberla entregado a la barbarie y la usurpación.

—Recogieron los hijos de los nuevos pobladores la desgraciada herencia de tormentos y martirios que les legó la raza desaparecida al furor de los conquistadores bárbaros y estúpidos. Y tú, insigne, ilustre guerrero, que ya está en vísperas de terminar la gran obra de la redención de esta tierra, por mí descubierta, vengo aquí —postrado a sus pies— a suplicarte me consigas el perdón de todos los tuyos y quede cumplida la eterna sentencia... Soy Colón —dijo, y calló...

Un sonido estridente me sacó de aquel estado; el Corneta tocó diana. Era un sueño.

Libros a la carta

A la carta es un servicio especializado para
   empresas,
   librerías,
   bibliotecas,
   editoriales
   y centros de enseñanza;
   y permite confeccionar libros que, por su
formato y concepción, sirven a los propó-
sitos más específicos de estas instituciones.

Las empresas nos encargan ediciones per-
sonalizadas para marketing editorial o para
regalos institucionales. Y los interesados so-
licitan, a título personal, ediciones antiguas,
o no disponibles en el mercado; y las acom-
pañan con notas y comentarios críticos.

Las ediciones tienen como apoyo un libro
de estilo con todo tipo de referencias sobre
los criterios de tratamiento tipográfico apli-

cados a nuestros libros que puede ser consultado en Linkgua-ediciones.com .

Linkgua edita por encargo diferentes versiones de una misma obra con distintos tratamientos ortotipográficos (actualizaciones de carácter divulgativo de un clásico, o versiones estrictamente fieles a la edición original de referencia).

Este servicio de ediciones a la carta le permitirá, si usted se dedica a la enseñanza, tener una forma de hacer pública su interpretación de un texto y, sobre una versión digitalizada «base», usted podrá introducir interpretaciones del texto fuente. Es un tópico que los profesores denuncien en clase los desmanes de una edición, o vayan comentando errores de interpretación de un texto y esta es una solución útil a esa necesidad del mundo académico.

Asimismo publicamos de manera sistemática, en un mismo catálogo, tesis doctorales y actas de congresos académicos, que son distribuidas a través de nuestra Web.

El servicio de «libros a la carta» funciona de dos formas.

1. Tenemos un fondo de libros digitalizados que usted puede personalizar en tiradas de al menos cinco ejemplares. Estas personalizaciones pueden ser de todo tipo: añadir notas de clase para uso de un grupo de estudiantes, introducir logos corporativos para uso con fines de marketing empresarial, etc. etc.

2. Buscamos libros descatalogados de otras editoriales y los reeditamos en tiradas cortas a petición de un cliente.

www.ingramcontent.com/pod-product-compliance
Lightning Source LLC
Chambersburg PA
CBHW020144150626
46552CB00021B/1654

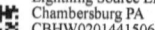